BLVETTES DV FEV DIVIN.

Dediées à la Reyne Regente.

A PARIS,

M. DC. XLVII.

Auec Approbation des Docteurs.

A LA REYNE REGENTE.

Egner et regenter en Reyne genereuſe,
Se rendre humble aux grandeurs de cette royauté,
Meſpriſer conſtamment toute la vanité;
Et du monde et de ſoy, ſe voir victorieuſe.

Eſtre du Roy des Roys ſi parfaicte amoureuſe,
Que de ſe maintenir dedans la Saincteté,
Priſer, remunerer la ſeule Pieté;
Et toûjours des vertus viure auaricieuſe.

Se ſeruir puiſſamment de toute inuention,
Comme vous, pour ne choir de la perfection;
C'eſt vraiment eſclairer toute la terre & l'onde.

C'eſt glorifier Dieu par vn ſincere amour,
Réjoüyr les eſprits de la celeſte Cour,
Et meriter honneur de Dieu, des Saincts, du monde.

A ſa meſme Majeſté.

Pour la gloire de Dieu je preſente, Madame,
A Voſtre Majeſté, tres-humblement ces Vers:
Ces Bluettes du Ciel & de la ſaincte flâme,
Qui ſans fin & par tout doit regler l'Vniuers.

Si vous d'aignez donner vn clin d'œil à ce Liure,
Les eſprits bien ſenſez le liront volontiers,
Ses Lecteurs-bruſleront du Zele de bien viure,
Dieu & vous aurez deux ſeruices plus entiers.

MADAME,

De voſtre Majeſté tres-humble, tres-obeïſſant &
tres-fidelle Seruiteur & ſujet, IEAN LE FOVLLON.

Du Sainct Nom de IESVS.

L'Homme deuant ſa cheute au vice originel
Impoſa juſtement nom propre à chaque eſpece,
Il montra ſon pouuoir, ſon infuſe ſageſſe,
Dont il n'vſa pour ſoy péchant contre le Ciel.

Le Pere ſouuerain donne au Fils Eternel,
Vn bien plus propre nom de bonté, de largeſſe,
De ſanté, de ſalut, de lumiere, d'adreſſe;
Pour éclairer, guarir, ſauuer ce criminel.

Ie parle de I E S V S, ſans en eſtre capable,
I'exalte par deuoir vn nom tout adorable :
Sur tout nom il eſt doux, agiſſant, fructueux.

Sa gloire en tout honneur ſoit partout reuelée,
Adorons, nommons-le, d'vne ame humble Zelée.
Sans fin nous en ſerons couronnez ſur les Cieux.

Aduis aux deuots de ce Tres-Sainct Nom.

I E S V S - C H R I S T nous a faits Soldats de ſa milice,
Ieſuites, Chreſtiens de ſes noms precieux,
Nous comble de ſes dons, viuons mourons pieux,
Pour luy ſeul ſans égard, au ſalaire, au ſupplice.

Reſiſtons à Satan, fuyons toute malice,
Soyons à nous parfaire ardans, ingenieux;
Eſloignons nous touſiours de tous les vicieux :
Ne nourriſſons en nous l'allumette du vice.

Abyſmons par nos pleurs le peché veniel,
Pour jamais ne nous voir coulpables du mortel,
Veillons inceſſamment armez de la priere.

Preuenons

Preuenons les assauts : nous voyans combatus,
En public, en secret, augmentons nos vertus ;
Ce Triomphe accomplit les enfans de lumiere.

Deuote réponse du Chrestien à Dieu, sur le Decalogue.

COmmande absolument, vse Mon CREATEVR
De ton droit naturel de vray legislateur :
Que ton joug est suaue & ta charge legere,
I'y gouste tout raui la douceur d'vn vray Pere.
Je confesse hautement auec soûmission,
Que ta suauité seule est sans parangon.
Justement tu demande vne humble obeïssance,
Tu te donne au fidel toy-mesme en récompence.
Par ta grace il prospere au bien spirituel,
Et met tout son Tresor auec son cœur au Ciel.
Pour ton amour i'ay deüil de mon ingratitude,
Oubliant mes deuoirs & ma beatitude.

I'ay transgressé ta loy, pardonne au criminel,
Daigne moy chastier de tourment temporel.
Tu es mien, je suis tien ; Majesté redoutable,
Que ce don mutuel demeure inuiolable.
Fais efficacement, Tout-puissant Directeur,
Aller de bien en mieux ton foible seruiteur.
Scrutateur des esprits sur qui seul ie me fonde,
Fais-moy vaincre mon corps, l'enfer & tout le monde.
Ie renonce à moy-mesme afin de te seruir,
En tout ie m'abandonne à ton seul bon plaisir.
Tu me donne la reigle, & vouloir de bien-faire,
Donne-moy promptement plein pouuoir de parfaire.
Fais cette triple grace à tous par ta bonté,
Nous te glorifierons en toute eternité.

B

Pour s'offrir à Dieu.

Tout - puissant , qui preside aux ames des Chrestiens,
  Qui comprends toutes choses en toy par eminence ;
Tu n'as necessité de moy ny de mes biens :
Ils sont de ta Diuine affluante influence.

  Ie te croy , je te tiens pour vnique Seigneur,
Principe principal & seul Dieu de nature ;
Ie veux rendre à toy seul le souuerain honneur
Dicté de ton esprit dans la saincte Escriture.

  Ie suis faict de tes mains ; & ton fils naturel
Ma laué dans son sang : l'oy que tu me demande,
Ie m'offre tout entier à toy, Pere eternel,
Daigne-moy receuoir en agreable offrende.

  Que ie ne pense à toy sans admiration,
Que tes faicts en tout temps exerce ma memoire ;
Ie t'adore & t'exalte auec affection,
Et ne veux m'esjoüir que de te rendre gloire.

Au Sainct Esprit.

Eternel Sainct Esprit , Amour , Nœud , Saincteté,
  Don du Pere & du Fils , Vray Dieu , Tierce Personne,
Que le Pere a promis , & le Fils merité,
Souuerainement bon toy-mesme tu te donne.

  Soubmis à ces raisons par amour, par deuoir,
Ie supplie humblement qu'à tousiours tu m'accorde,
Ta Personne , tes dons, tes fruicts dans mon espoir,
De joüir plainement de ta misericorde.

Esloigne loins de moy qui suis ton seruiteur,
L'occasion du mal , que ie te glorifie:
Sois l'Hoste & President vnique de mon cœur,
Sois l'esprit de mon ame & salut de ma vie.

AV SAVVEVR,

Consolation & Resolution du Chrestien affligé.

IESVS, *Ie suis à vostre exemple,*
En œuure, en ardente chaleur,
Ie vous adore en ma douleur :
Tout lieu m'est vn Caluaire , vn Temple.

Par deuoir en Chrestien ie bois
La coupe de vostre souffrance :
Qui nasquit à vostre naissance,
Et ne mourut qu'à vostre Croix.

Plusieurs vous font encor la guerre,
De cœur, de bouche & d'action :
Bien que toute adoration,
Vous soit deuë au Ciel, en la terre.

Le glaiue de vostre tourment,
Perça le cœur de Nostre-Dame :
Tous les Martyrs ont rendu l'ame,
Pour vous auec contentement.

L'Exercice de patience
A réjouy les bien-heureux :
Et plaist aux mortels genereux,
Qui ont en vous ferme fiance.

Sainct Michel sous l'hostilité

Souffrit sans se laisser abbattre,
Il faut ainsi pâtir, combattre,
I'ayme cette necessité.

Vous estes mon fort, mon refuge
En mes maux en temps opportun:
Mon corps est pesant, importun,
Peu de mal luy semble vn deluge.

En mes maux le monde me fuit,
Lors ie vous ay dans ma poictrine,
Ie digere vostre doctrine,
Auec loisir & non sans fruict.

I'aduoüe qu'en la vie humaine,
I'ay grand besoin d'estre affligé,
Ie demande estre déchargé
De ma coulpe, non de ma peine.

Ie vous loüe, Ie suis touché
De vos œuures, de vostre grace,
De vos maux, de leur efficace,
Vostre amour me tient attaché.

Vous surchargeant de ma foiblesse,
M'auez rendu bien si puissant,
Que ma Croix me plaist & pensant
A la vostre rien ne me blesse.

Ioyeux ie baise de bon cœur
Vostre main qui fait mes supplices,
Augmentez-les, sont mes delices:
Par vous ie seray le vainqueur.

Ostez l'aise qui me deforme,

Ie desire

Ie defire bien-toft mourir,
Ou je veux en tout temps fouffrir,
Pour voftre amour qui me reforme.

   Aux effets d'vn fi bon propos
D'vne inuincible patience
Donnez-moy la perfeuerance,
Iufqu'au iour de l'heureux repos.

La Iuftice Chreftienne.

AIme, honnore, & crains Dieu, tiens pur & langue & cœur;
  Puni ton corps, & rens au Prince obeïffance;
Sois paifible vers tous, fais au pauure faueur,
Enrichy toy des fruicts d'vne telle fcience.

Contre la tentation.

PRife, garde la grace auec vn grand mefnage,
  Penfe à Dieu, prends aduis fur la tentation:
Cognois la fans l'ouyr, fuys-en l'occafion,
Picque de bons deffeings & bons mots ton courage.

Contre le peché Veniel, qui caufe le Mortel.

VRay Chreftien, qui pretens paruenir à la Cime
  Des fublimes vertus, & de la Saincteté:
Pratique ces aduis. Comme tu fuis le crime,
Et le peché Mortel; fuis la legereté.

   Ne prefume iamais de ta propre puiffance,
Sois entierement fouple à l'infpiration:
Mets au feul Tout-puiffant toute ta confiance,
Refifte promptement à la tentation.

Garde toy de penſer au prochain auec blâme,
D'eſtre Orgueilleux, Ingrat vers Dieu ſur ſa faueur:
Tâche par tous moyens d'humilier ton Ame,
Accomplis la bonne œuure en lyeſſe & feruewr.

Réueil de l'Ame.

L'Eſprit humain perdant ſa premiere candeur,
Se ſentit combattu d'vne guerre ſans treue
De trois forts ennemis: guerre qui le releue,
Et l'oblige à peiner au bien auec ardeur.

Homme fuis le peché, deteſte ſa laideur,
Trauaille à la vertu, ta peine eſt douce & breue:
Ton loyer eternel, fais que rien ne te greue,
Bataille en vray Creſtien; augmente ta ſplendeur.

Dieu t'ayme, il eſt pour toy, c'eſt ton fort & ta force;
Sa parole eſt ton ordre, & ſes dons ton amorce:
Vois ce qu'vn Dieu merite, accomplis ſes deſirs,

Qu'en tout temps ton eſprit gaigne pleine victoire,
Auec perſeuerance on paruient à la gloire,
On poſſede Dieu meſme & ſes diuins plaiſirs.

Autre Réueil.

REgne ame ſur ton corps, ſur l'Enfer, ſur le monde,
Fais toy riche, haſte toy d'aller de bien en mieux:
Dieu ſeul digne de toy te regarde en tous lieux,
Et veut t'auoir au Ciel où tout bien ſurabonde.

Rends toy digne de luy, que rien ne te confonde,
Fuis les moindres dangers du Siecle vicieux:
Mire & remire toy d'vn cœur religieux
Au Saueur ton miroir, de clarté ſans ſeconde.

Imite ses vertus, vse des Sacremens,
Prends sa grace, son corps, sa loy pour alimens:
Si tu cheois, leue toy par grande promptitude,

Pour iamais ne recheoir; brusle d'affection,
De luy plaire, & pour luy veille auec action,
Il sera ton salaire & ta beatitude.

Du tres-sainct Sacrement à l'Infidel.

Dieu qui fit ce grand tout de l'vn à l'autre Pole,
Et l'accomplit de rien en disant, qu'il soit fait:
Nous a vrayment donné pour vn gage parfait,
D'amour, de Paradis, son Corps par sa parole.

Cesse donc Infidel d'aueugler ton Ecole;
Iamais le Tout-Puissant ne parle sans effect,
Il a dit c'est mon corps, d'asseurance il la fait,
Prends la foy pour flambeau, renonce à tout controole.

Par semblables raisons que tu crois qu'il le peut;
Au surplus qu'il la dit, confesse qu'il le veut:
Adiouste qu'il le fait, que chacun le doit croire.

Auec son corps, son sang, par excez de bonté:
Il nous donne son Ame, & sa Diuinité,
Ses Graces, ses Vertus, ses Merites, sa Gloire.

Des Fruicts de la digne Communion au Fidel.

Viens pur, humb'e, auec zele, en toute reuerence,
Au tres-sainct Sacrement receuoir le Sauueur,
Il te donne à gouster sa Diuine douceur,
Console, resiouyt ta bonne conscience.

Il renouuelle en toy la douce fouuenance
De fa dilection, de toute fa faueur;
Te fait perfeuerer au bien auec ferueur,
Te change, t'incorpore en foy par fa puiffance.

Il renforce, arme, accroift ton cœur, & ta vertu,
Empefche l'ennemy de te rendre abbattu.
Vn feul bien-faict de Dieu furpaffe tes feruices,

T'oblige, te prouocque à la perfection:
Frequente dignement cette communion,
Auance toy; triomphe aux pieux exercices.

PRIERE DES ASSOCIEZ,

du Tres-S. Sacrement pour le ROY, la REYNE & la Paix.

NOus vous remercions, *Victime fans feconde,*
De ce que vous donnez victoire aux fleurs de Lys;
Nous vous prions donner tous biens au Roy LOVYS,
A la Reyne & fous eux la Paix à tout le monde.

Autre Priere des mefmes affociez, pour plufieurs graces.

DIEV qui furpaffe en dons les fouhaits de nos cœurs,
Donne aux Princes Chreftiens vne faincte concorde,
Aux mourans d'aujourd'huy pleine mifericorde:
Auance au bien les bons, conuertis les pecheurs.

Vois tes affociez de l'œil de ta clemence;
Fais-nous tous accomplir nos refolutions
De viure fainctement dans nos conditions,
Contre l'impureté, l'Ire & toute autre offence.

Fais

Fais-nous estre frequens au pieds de ton Autel,
Viure, mourir, nourris du sacré Viatique;
Reduis les Infidels à la Foy Catholique,
Esleue tes deffuncts du Purgatoire au Ciel.

A LA TRES-SAINCTE VIERGE.
Paraphrase sur le STABAT MATER, &c.

LA VIERGE stable veit son Roy,
Son Fils, son Dieu mourir en Croix
Par pur amour sans autres Loix.

    Le glaiue de viue douleur
Perça le charitable cœur
De la mere fondante en pleur.

    La mort d'vn Fils sans parangon,
Leur mutuelle affection
Augmentoit son affliction.

    Frissonnante elle soûpiroit,
Toute tremblante elle pleuroit,
Voyante qu'vn tel Fils souffroit.

    Qui est l'homme d'entendement,
Qui ne lamente abondamment
De la voir en si grand tourment.

    Considerant le fils pâtir,
Sa saincte mere compâtir,
Qui ne voudroit s'en ressentir.

    Elle veit la derision
D'habit, de flagellation
Contre luy pour sa nation.

D

Elle le veit crucifier
Pleurant, feignant, meurant crier,
Dieu le Pere l'abandonner.

Mere d'amour fecoure-moy,
Fais que ie te fuiue en ta foy,
Que ie deüille, & pleure auec toy.

Ie ne veux la fimple chaleur
De charité, ny la feruuer,
Fais que i'imite ton ardeur.

Que mon cœur foit fupplicié
Des peines du Crucifié,
Pour luy eftre facrifié.

Que mon vif reffentiment
Correfponde à fon fentiment,
Ce me fera vn doux tourment.

Ie fouhaitte me maintenir,
Donner pleinement, & finir
Mon temps à ce mien fouuenir.

Que ie fois ton vray compagnon,
D'amour, de larmes & paffion
Et de mortification.

Que par toy ie fois foulagé,
Par la Croix conduit, protegé
Au bien ou ie fuis obligé.

Quand mon corps defcheoira du iour,
Plaife à Dieu mettre par amour
Mon ame au bien-heureux fejour.

A LA MESME,
Paraphrase sur ô QVAM GLORIFICA.

O Fille de Dauid, ô Vierge sans seconde,
Combien vous surpassez en quadruple clarté
De grace, de vertu, de gloire, Royauté,
Vos sujets, l'homme & l'Ange, au Ciel, en tout le monde.

Vostre honneur maternel & Viginale fleur
Ont leur perfection, Vous estes deux fois Mere,
Du Fils Verbe de Dieu nostre Souuerain Pere,
Vostre esprit, vostre corps ont conçeu ce Seigneur.

On doit à vostre enfant tous les cultes celebres,
Secourez-nous vers luy par intercession;
Qu'il nous donne à tousiours sa benediction
Et nous garde pour soy du danger des tenebres.

Pere! qui gouuernez le temps, l'Eternité,
Vostre esprit est amour, vostre Fils est sagesse:
Par eux comblez-nous tous d'vne pleine largesse,
Sans fin nous rendrons gloire à vostre Trinité.

A la mesme.

LE plus Elegant Escriuain
Exerce sa plume en vain,
S'il presume rendre vn Cantique
Digne d'estre consacré
A la Princesse Magnifique,
Qui regne au Ciel Empyré.

Mais pour faire nostre debuoir,
Employons nostre pouuoir,

Et par vne pieuſe enuie,
En tout temps & en tout lieu
Iuſqu'au dernier point de la vie,
Loüons la Mere de Dieu.

Elle eſt pure en conception
Sur tous enfans de Sion ;
Comme le monde par l'aurore
Reçoit lumiere & beauté,
Elle naiſſante le redore
De vertu & ſainĉteté.

Pour ſans fin Dieu glorifier
Elle ſçeut bien ſe voüer
Dés ſon enfance dans le Temple,
Ou par infinis bien-faits,
Toûjours elle ſeruit d'exemple
Aux plus ſainĉts & plus parfaits.

La ſainte Vierge viuoit mieux
Que les bons Anges des Cieux :
D'où nous publions ſans feintiſe
Que ſes meurs & actions,
Sont vrais Ornemens en l'Egliſe
Chez toutes les nations.

Si la ſainĉte Maternité
Euſt nuy à ſa Chaſteté,
Elle eſtoit bien tant amoureuſe
De ſa virginale fleur,
Qu'elle euſt refuſé genereuſe
Tout le Maternel honneur.

Par l'action du ſainĉt Eſprit,
D'elle le ſeul Verbe prit

Chair,

Chair sans autre humaine assistance:
Et l'heureux enfantement
Se fit auec resioüyssance
De la mere, & sans tourment.

Du laict du Lys de sa pudeur
En humblesse & saincte ardeur
Elle donna la nourriture
A Dieu, qui sans se mouuoir
Donne estre à toute creature,
Par son tout-puissant vouloir.

  Elle eslargit aux Indigens
Tout l'Or, la Myrrhe & l'Encens,
Que son Fils reçeut en hommage,
Et prenoit tout son plaisir
D'auoir l'indigence en partage
De Dieu fin de son desir.

Elle veit ce sainct Roy des Roys
Nud, sanglant, mourir en Croix;
Elle eust rendu sa propre vie
Par grand excez de douleur,
Et d'affection infinie,
Dont estoit tout plain son cœur.

  Celuy qu'elle voyoit souffrir
L'empescha l'ors de mourir,
Affin qu'elle eust tout auantage
Aux merites des vrais biens,
Et accreût le nombre & courage,
Et pieté des Crestiens.

  Iamais le bien ne la haussa,
N'aduersité terrassa:

E

Ayant en Dieu ferme fiance
Elle n'auoit pour raison,
Que la Diuine prouidence,
Et viuoit dans l'oraison.

En fin morte du sainct Amour
Elle a le Ciel pour seiour;
Glorieuse en corps & en ame,
Sous la saincte Trinité,
Elle se voit vnique Dame
De la Celeste Cité.

Vierge, nous rendons au Seigneur
Sans cesse gloire & honneur:
Parce que de vostre substance
Il s'est humblement vestu,
Et en grande magnificence
Vous a de soy reuestu.

Grande Reyne nous vous plions
Nos genoux, & supplions
Nous vouloir obtenir la grace
De viure si sainctement,
Que puissions voir Dieu face à face
Au Ciel eternellement.

A l'Ange Gardien.

Ministre de salut, Docteur infatigable,
Mon vigilant gardien & fidel compagnon,
Mon ordinaire appuy, Medecin Charitable,
Mon parfaict Directeur & Celeste Patron.

Ne me desdaignez pas pour cause de mes vices,
Penitant ie rens grace à Dieu de tout mon cœur:

Ie vous rends grace auſſi pour tous les bons offices,
Deſquels vous m'obligez toûjours auec ardeur.

Auec moy preſentez à Dieu ma penitence,
Par ſa grace & par vous que ié ſois empeſché
De croupir de gliſſer dedans aucune offence,
Supplions qu'il luy plaiſe effacer mon peché.

Secourez-moy ſans fin à gaigner la victoire,
Dans toute occaſion contre l'hoſtilité
Jnſtruiſez mon eſprit, reſueillez ma memoire
Que i'acheue mes iours en parfaicte equité!

Pour glorifier Dieu c'eſt mon vnique enuie
D'auoir part auec vous au bon-heur eternel.
Si toſt que vous verrez mon corps priué de vie,
Menez, rendez mon ame a mon Sauueur au Ciel.

A Sainct Ioſeph.

HOmme pur, homme iuſte, & né de ſang Royal
Incomparable Sainct, Vierge de Corps & d'Ame:
Rien ne ta gouuerné, que ta Diuine flâme;
Dieu t'a mis dans l'employ comme ſon plus loyal.

Tes vertus releuoient ta Nobleſſe, ta Race,
Quand le Verbe te prit pour pere protecteur:
Sa mere pour Eſpoux, tous deux pour directeur;
Sur les ſaincts tu parus digne de telle grace.

Tu ſoulageas le Fils & la mere en leurs maux;
Preſeruas l'vn du glaiue auec ta diligence,
Et l'autre du ſcandal auec ta bien-veillance,
Alimentant leurs corps des fruicts de tes trauaux,

En tout on vit reluire ton entiere sageſſe,
Cette communauté te fit ſouſmiſſion :
L'Ange prit auec toy communication,
Le Ciel de plus en plus t'augmenta ſa largeſſe.

Daigne employer pour nous au beſoin ton pouuoir,
Obtiéns nous plein pardon , fais nous par ta priere
Euiter tous pechez , faire œuures de lumiere,
Viure, mourir en Dieu, meriter de le voir.

Paraphraſe ſur la Proſe des Defunɛts, *dies iræ dies illa,* &c,

LE dernier iour en flâme agille
(Teſmoin Dauid & la Sibille)
Finira tout le temps labile.

Combien ſera grande l'horreur
A l'aduenement du Seigneur :
Seuere juſte examinateur.

Vn ſon ouy de tout le monde
Amenera la terre & l'onde,
A la juſtice ſans ſeconde.

La mort, le ſens & la raiſon
Auront grande apprehenſion,
A cette reſurreɛtion.

On produira vne eſcriture
Des faits de toute creature,
Tout ſera ſujet à cenſure.

Tout ce qu'on cache apparoiſtra,
La Creature le verra,
Le Createur le iugera.

Que

Que diray-je moy miserable ?
Voyant Dieu lors inexorable,
Et le juste en crainte effroiable.

Roy redoutable en Majesté,
Qui sauuez par vostre bonté,
Vsez vers moy d'humanité.

Dieu tout-puissant, tout bon, tout sage,
Affranchisez de tout naufrage
Moy cause de vostre voyage.

Tous vos tourmens sont odieux,
Tous vos labeurs sont precieux ;
Pour moy rendez-les fructueux.

Vray iuge de juste vengeance,
Donnez iour de pleine indulgence
Deuant la derniere sentence.

Ie gemis tant ie suis chargé,
Mon visage en est tout changé,
Espargnez vn pauure affligé.

Prenant Marie à penitence,
Donnant au Larron asseurance,
Vous m'obligez à confiance.

Mes oraisons sont sans valeur,
Par vous seul faites moy faueur,
Sauuez moy d'infernalle ardeur.

Tirez moy de l'infame race,
A la droicte par vostre grace,
Auec les bons donnez moy place.

F

Ames corps eſtans reünis,
Quand vous confondreʒ les bannis,
Nommeʒ moy auec vos benis.

Pour vous d'vne ame douloureuſe
Ie deteſte ma coulpe affreuſe,
Faites que ma morr ſoit heureuſe.

Horrible pleur & hurlement
ſeront au dernier jugement.

Vous jugerez l'homme coulpable;
Bon-Dieu! ſoyez-luy fauorable.

AV LECTEVR,

Concluſion des preſentes Bluettes.

BElles Ames veillez en ce ſiecle glacé,
Eſcoutez, meditez, ne ſoyez pas muëttes
A IESVS, qui ne veut jamais eſtre offenſé;
Eſchauffez-vous en luy de pareilles Bluëttes.

Souuent dites de cœur ; mon cher Crucifié,
Sois mon vnique regle à mon corps, à mon ame;
Fais-moy viure & mourir en vray mortifié,
Sous tes Loix, & ta Croix, dans le feu de ta flame.

TABLE DES MATIERES
comprises en ce Livret.

A PARIS,

De l'Imprimerie de IACQVES REBVFFE, ruë Dauphine à l'Enseigne de l'Arche de Noé.